주머니
속의
하루

주머니 속의 하루

발행일	2017년 2월 8일		
지은이	김 건 섭		
펴낸이	손 형 국		
펴낸곳	(주)북랩		
편집인	선일영	편집	이종무, 권유선, 송재병, 최예은
디자인	이현수, 이정아, 김민하, 한수희	제작	박기성, 황동현, 구성우
마케팅	김회란, 박진관		
출판등록	2004. 12. 1(제2012-000051호)		
주소	서울시 금천구 가산디지털 1로 168, 우림라이온스밸리 B동 B113, 114호		
홈페이지	www.book.co.kr		
전화번호	(02)2026-5777	팩스	(02)2026-5747

ISBN   979-11-5987-421-5 03810 (종이책)   979-11-5987-422-2 05810 (전자책)

이 도서의 국립중앙도서관 출판예정도서목록(CIP)은 서지정보유통지원시스템 홈페이지(http://seoji.
nl.go.kr)와 국가자료공동목록시스템(http://www.nl.go.kr/kolisnet)에서 이용하실 수 있습니다.
(CIP제어번호: CIP2017003057)

주머니 속의 하루

김건섭 시집

북랩 book Lab

돌이켜보면 조금 이른 퇴임과 동시에 병마와 잠시 함께하
느라 상당한 고민이 있었다. 힘든 시기, 덜 익은 시를 한
껏 붙잡고 있었던 이유가 그런 작은 위로 때문이었을까.

참 많이 고쳤다. 시를 보면 자꾸 작아진다. 어떤 시가
바람직한 것인지는 여전히 어렵다. 어쩌랴, 늘 부족함이
많은 것이 본연의 모습인 것을…. 미흡하지만 이쯤에서
두 번째 책을 일단 마무리하기로 했다. 계속 붙잡고 있
기보다는 오래된 것들을 밀어내야만 반걸음이라도 나갈
수 있지 않을까.

살아계셨더라면, 어머님께서는 "누굴 닮아서…" 하시
며 빙그레 웃으실 테고, 생전 책을 놓지 않으셨던 선친께
서는 마냥 좋아하시리라 짐작한다.

산다는 것은 많은 분들의 도움을 받는다는 의미이다.
부족한 글 격려해주신 장사현 영남문학예술인협회 이사
장님께 깊은 감사의 말씀을 드린다. 또한, 항상 도움 말

씀 주시는 주위의 모든 분들과 가족들에게 평소 표현하
지 못했던 고마운 마음을 꼭 전해드리고 싶다.

2017년 2월

김건섭 드림

목차

제1부 짧은 생각들

제2부 또 하나의 의미

제3부 주머니 속의 하루

제1부

짧은 생각들

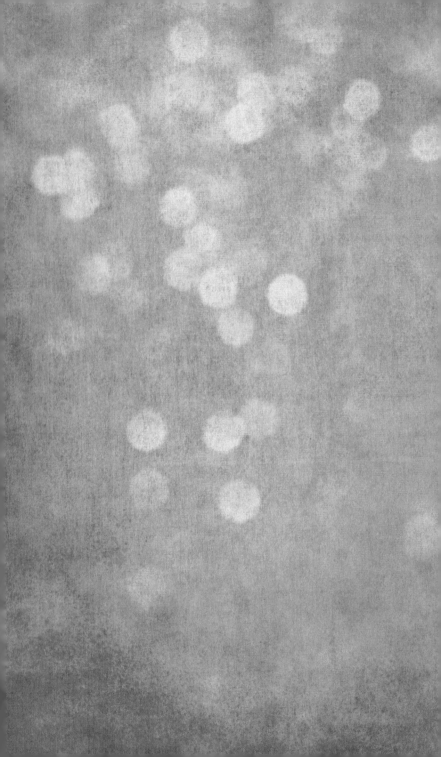

홀로코스트(holocaust)

70여 년이 지난 지금
이제는 변명을 할 만도 한데
늘 미안하다고 한다, 독일은

이제는 반성을 할 만도 한데
절대 아니라고 한다, 일본은

타이어

조금씩
자기 몸을 내주며 길을 연다.

조금씩, 아주 조금씩
비누처럼 야위어간다.

먼 길과 바꾸는 내 몸의 흔적들
얇게 깎이어
속 깊은 지구 품으로 돌아간다.

폐차장

한때는
연인처럼 사랑스러웠으리라

흉물스러움을 감추기 위해
붉은 녹 추스르며 떠나는 너

예상보다 매우 강한 힘 앞에
와사삭
그 의연함이 한순간에 무너지는 공간
마지막 만남의 터

개화(開花) 1

어디선가 낮은 소리로 들려오는
장엄한 오케스트라의 선율
온 세상으로 퍼져나가는
맥놀이
느리면서도 훤칠한 새 생명의 탄생

개화(開花) 2

손가락 발가락 꼼지락거리며

온몸으로 버텨온

인고의 시간,

튼실한 지각(地殼)의 두께를 가늠해 본다.

봄,

이왕이면

패배해서 상대방의 무례함을 탓하거나
아량을 바라기보다는

승리해서
조금씩 나누는 것이 낫다.

이왕이면…

파나마 운하

가볍고 부드러운 물길이
차곡차곡 자기 몸을 쌓아올려
무겁고 큰 배를
서서히 밀어 올린다.

하, 저 유연하면서도
강력한 소통의 힘이여

추억 2

매일매일 죽어 나가는
아픈 기억들이
하얗게 박제된 머리칼 속에
굳은살로 박여있다.

담배

너 때문에 가슴에 맺히는 통증과
너로 인해
시원하게 벗어나는 아픔의 무게를
어떻게 비교형량할 수 있지?

화분

그날을 추억하고 싶어
그 기쁨 잠시나마 간직하기 위해
예쁜 꽃 하나 가슴속에 심어 놓았다.

분리된 작은 영역 속에서도
늘 불평 없이 살아가는 너

화로구이

연탄구이 불화로 집에
둘레둘레 모여 있다.

온 세상을 다 짊어지고 간다.

아직은 옛날을, 그 힘든 세월을
느낄 수 없는 나이들인데…

황룡사 터

혼적조차 없는
황룡사 구층탑
떠도는 높은 구름 위로

천 년의 시대를 앞서간 원효대사가
똑 똑 지팡이를 들어
지나간 시간
대답 없는 탑신을 두드리고 있다.

누구 책임

비평가의 눈은 날카롭기가
칼날 같다.

그러나 그의 칼끝은 늘
자기 밖의, 타인을 조준할 수밖에 없다.

엑스 텐!

노숙

영하의 거리에서 취침하던 그가
갑자기 작고 두툼한 책을 펴들고 있다.

드문 발걸음 따라
티끌보다 가벼운 동정(同情)들이
얼어붙은 바구니 속으로 힘겹게 떨어진다.

추운 계절도 이제
떠날 시간이 되었나 보다.

하늘길

무거워
도저히 날 수 없는 영혼이었나

육중한 욕망 때문에
승천하지 못한 꿈들이

그대, 보고픈 얼굴 되어
그리움의 끝을 맴돌고 있다

출근

우리는 늘 아침마다
꽃단장하고
사냥터로 나선다.

가장 강력한 무기,
매끈하고 날렵한
넥타이 하나 걸치고

가을

코스모스가 피었네
또 한 계절이 지났나 봐
잠자는 아내 등이 새우처럼 외로워 보여

작은 바람에 흔들리는 코스모스와 함께
외로움에 물들어 가나 봐
그런 계절인가 봐

낙엽 2

낙화하여 향기로운 모습을 보일 수 없다면
살아 이뤄 놓은 작은 아름다움이
무슨 의미가 있을까

후두둑 후두둑
콩잎 털며
가을이 달려가는 소리,

사랑

사랑하는 것과
사랑을 받는 것은 즐거운 일이다.
행복한 일이다.

세상에,
가수 박완규 님의 얼굴이 밝아졌다.

겨울 예감

가로수들이
하나둘, 길을 향해 옷을 벗는다.

차디찬 그늘, 새로운 계절은
먹잇감을 찾아
늘 우리들 등 뒤에서 서성거리고 있다.

상상

가끔 두통 심한
머리 뚜껑을 열어젖히고
개숫물 버리듯
통증을 흘려보내고

세상이 보내준
그리운 기억 하나로
사방 천지에
아름다운 꽃향기 만발하게 하고 싶은…

물수제비

동전을 낚아채듯
납작한 돌을 가슴으로 감아쥐고
팽이 돌리듯
물수제비를 뜬다.

동심원으로 퍼져나가는
탄착군
늘 정확하게 생각의 한가운데를 지나간다.

후회

지나고 나서 생각해보면
아버지,
당신의 말씀이 옳고 또 옳았습니다.

그리고 또 생각해보면
어머니,
당신의 사랑은 흉내조차 낼 수 없는
무조건이었습니다.

제가 결코 다가갈 수 없는 태산이었습니다.

마포 종점

밤 깊은 마포 종점

아기를 업고 안고 손잡고
퇴근길 남편을 마중 나오던
그 젊은 어머니들은 지금
어디서 살고 계실까
모두 어디로 떠나가셨을까

궂은 비 내리지 않아도, 서럽지 않아도
그리움 속
깊어가는 마포 종점

가을 속으로

세상 서러운 것이
어디 낙화뿐이랴,

매일매일 바람 부는 가슴속으로
하나둘
깊고도 아찔한 사랑이 지고 있다.

초복

요가 하는 사람처럼
아주 힘든 자세로 다리를 꼬거나
과도하게 배를 내밀고 벌러덩 누운
뚝배기 속 닭 한 마리로
무사히 이 삼복더위를 넘길 수 있을까
끓이고 또 끓여 낸 장작불 속
타들어가는 화염의 세월이여,

몰랐지?

칼바람 속에서도
얼음이 녹는다는 사실을 몰랐지?

미워하고 증오하는 마음속에서도
오히려 사랑하는 마음이 싹튼다는 사실을
몰랐지, 몰랐지?

과속 카메라

너야말로 21세기를 살아가는
최첨단의 허수아비,

바람에 흔들려도 전혀 무뎌지지 않고
어둠 끝까지 바라보는 킬러의 투시안으로
모든 달리는 것들의 두려움의 대상이 되었으니

참새처럼 쫓기는 무리들
괜스레 허둥대는
우리들의 하루

겨울, 청평사

아무도 없는 대웅전
드물게 찾아오는
칼바람 속 발자국 소리
서로 엇갈리다가

카메라에 담아 온
정물 속 풍경소리

얼음지치기

산정호수
두텁게 쌓인 얼음 위
투박한 털목도리 뒤로 뿌리며
휘익, 어린 시절이 지나간다.
썰매를 타고

아이는 정녕 망설이지만
밀어주는 아빠 얼굴
보름달보다 더 환하다
썰매를 타고

새벽에

오랜만에 깨달아
스스로 강건해진다
어스름 새벽에,

피곤하다며 돌아눕는 세월

갱년기의 이불을 당겨
지난 기억으로 얽힌 실마리를 덮는다.

아침 거미

이 녀석이 나를
평생의 식량으로 생각하나 보다

아침부터 탄력 있고 싱싱한 실을 뽑아
힘찬 하루를
자신만의 올가미로 꽁꽁 엮고 있다

기부

우리가 주는 작은 도움의 무게와
마음으로 기대하는 위로의 무게는
늘 일치하지 않는다.

정확하다고, 따져보아도 비슷할 거라고
수없이 되뇌지만
저울은 항상 과도한 기대 쪽으로
정확히 기울어진다.

감추고 싶은 뱃살 같은
욕망의 무게

소리꾼

가진 힘을 다 풀지 않고
품은 한을 다 토하지 않고
하고픈 말을 다 던지지 않고

하지 못한 말들을 가슴 속으로 숨아 넣으며
오므린 모든 것들을 꾹꾹 눌렀다가
노래 한마디로 풀어내는

절제된 소리의 즐거움이여

성형

꽃이 예쁜지 아닌지는
열흘만 지나보면 알게 된다고 한다.

세월의 변환과정

그 사람의 세월이 아름다운지 아닌지는
그만의 역경을 지나고 보면
저절로 알게 된다고 한다.

아직은 알 수 없는
우리들의 성형 기간

명예퇴직

사냥하지 못하는
수사자의 비통함을 아느냐

떠밀려, 조기 퇴직한
가장의 심정을 아느냐

누가 감히 안다고 말할 수 있느냐
차마 드러내지 못하는

여리디여린 그
마음 깊은 서러움을

웬수

이 웬수 덩어리야
어머님 웃으시며 하신 그 말씀

철들 때까지
세상 제일 사랑하는 사람을
웬수라 부르는 줄 알았다.

시간이 흐르고 또 흘러

이제는 정말 웬수 덩어리들로
둘러싸인 세월,

모두 부대끼면서도
함께 웃으며 살아간다.

이 세상

내 살다 가는 곳
그냥 웃고 울다
할아버지처럼, 아버지처럼

그렇게 그렇게 살다
조용하게 물려줘야 하는 세상

아름다운 이곳

그날 이후

누우면 곧장 잠에 빠져들지만
언제부턴가
꿈을 꾸지 않는다.

산란한 꿈이라도 만들어 봤으면
딱 한 번만이라도
어머님 만나서 위로받아 봤으면…

잘려나간 아픈 기억들과 함께
이젠 그리움마저
외로워지나 보다

사과

내가 먼저
미안하다는 말 한마디만 했었더라면

그가 만약
괜찮다는 손짓 한 번만 했었더라면

우리 서로 다른 곳으로 시선 나누지 않고
불필요하고 힘든
생각들을 지울 수 있었으리

만약에 그랬더라면…

튜머(tumor)

숙명적으로
너를 밀어낼 수밖에

네가 아픈 만큼
내 몸 역시 피멍이 든단다.

가능하다면, 가능하다면
아프게 하지 말고

...

같이 살자

세상사

괜찮다면
세상은 배운 만큼
다 똑바르지는 않다는 것을
이해하기

아니, 내가 세상에 맞춰 살아야 한다는 것을
받아들이기

그렇게 이해하며 살아가기

겨울 풍경

서걱거리는 갈대 속으로
가을이 깊이 숨는다.

머리카락 보일라

자기 몸을 노랗게 죽임으로써
갈대는
혹독한 겨울을 풍경으로 견뎌낸다.

펀드 매니저

돈의 권력은 소유자에게 있는 것이 아니라
그 돈을 사용하는 자에게 있다며

투자자들을 끈기 있게 설득시켜서
필요할 때마다
뜻하는 방향으로 움직일 수 있도록 하는 것

영원한 투자의 신, 갑(甲) 회장님

구세군

사회구성원으로 살아 있는 한
누구든 굶주려서는 안 된다

풍요로운 세상
그대 한 끼 식량에 많은 도움이 되지는 않겠지만
그래도 밥만은 굶지 않도록
작은 돈이 모인다.

땡그랑
거리마다 작은 인정이
깊은 겨울 속으로 훈훈하게 떨어지고 있다.

보호색

쓰레기인 줄 알고 비질을 했더니
아뿔싸, 작고 작은 나방이었구나

몸을 보존하기 위한 보호색이
오히려 삶을 재촉하고 말았구나

미안하고 미안하지만
너무 자연을 닮아
삶과 죽음이 자연과 함께하였음을…

자유낙하

정남향으로 떨어지는 낙엽을
그림자가 마중한다.

향방을 알 수 없는 강한 바람 속
비틀림과 함께하는 정확한 랑데뷰

화재

오른쪽이 볼록한 상현 낮달이
피어오르는 검은 연기 끝에 걸려있다

아끼던 늦은 햇살 속으로
사라져 버린 공간들
소방차 물줄기마다 옅은 무지개 터지고

아우성과 그을음 속, 피어오르는 탄식
무너져 내리는 생활의 편린들
구급차와 함께 벗어나는 일상의 오후

제2부

또 하나의
의미

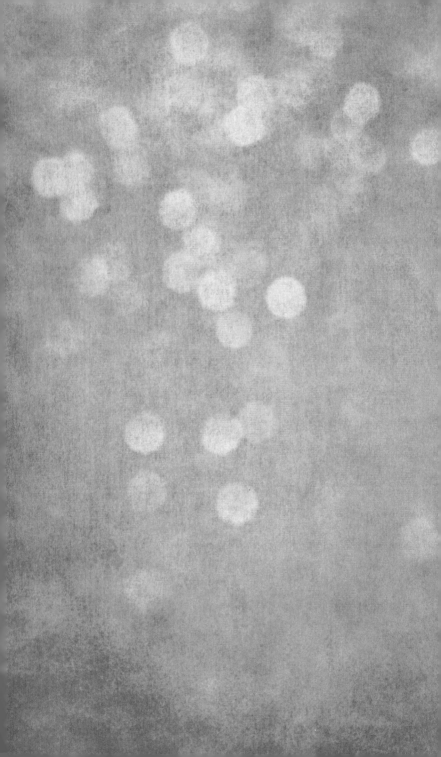

지식과 지혜

지식은 지상의 아름답고 장엄한 건축물 같고

지혜는

하늘 위를 떠다니는 밝은 구름 같은 것

로드킬

섬쩍지근한 파열의 자국

시간이 흘러

타이어로 수없이 다림질된 흔적마저 희미해지면

그 존재 역시

기억에서 사라져버리는

노상 객사

상한가(上限價)

가진 것 하나 없어도 풍요로운 마음

먹지 않아도

포만감에 젖는

단풍 드는 전광판

상상 속의 오르가즘

그 절정의 미학

대화, 이야기 그리고 전설

너와 나의 대화가 모여
이야기가 되고

우리의 이야기가 모여
관습이 되고

관습이 기록되면 문화가 되고
역사가 되고

기록이 흩어져 사라지면 전설이 된다.

기일(忌日)

오늘은
귀신들 생일날,

살아 있던 사람들의
마지막 모임

삶과 죽음의
만남의 시간

도어 락

너와 나를 단절시키기에는 안성맞춤이지만

우리의 사랑과
미래를 맡기기에는 너무 연약하다.

양심

정의로 회귀하려는
최소한의 복원력
원심력을 당겨주는 균형의 힘

벗어나려는 욕구들을
이탈하지 않게 제어해주는
절묘한 구심점

곡예 운전

커다란 물리적 위압감이나
아주 무모한 도발을 앞세워
남의 목숨을 담보로
자신의 시간을 늘려가는 행위

작은 시간을 아끼기 위해
마무리를 위해
엄청나게 큰 것을 거는…

모기 3

이 녀석이 피 냄새에 많이 굶주렸나 보다

벌건 대낮임에도
물불 가리지 않고 달려들다니…

먹고 사는 문제가
죽고 사는 문제와 다르지 않음을

절두산

일백여 년 전 한 맺힌 목숨들이
아련한 전설로 되살아나
온통 붉게 떨어지는 저녁노을을
핏빛으로 기웃거리고 있다.

고향

시간이 갈수록
더욱 애틋해지는
서러움에 다름 아니다.

세월이 갈수록
더욱 또렷해지는
그리움에 다름 아니다.

몽유도원도

현실을 꿈이라 하였는데
다시,
그 꿈을 현실이라 한다.

품은 꿈을 꽃 피우지 못하고
요절한 안평대군의 삶은
다시 꿈으로 되돌아간다.

컴퓨터

좋아한다고

너만 바라보고 살 수도 없고

싫어한다고 해서

널 버리고 살아갈 수도 없는

초여름

치자 꽃 피네
아이 부끄러워라,

수줍게 드러낸 속살마다
새 생명이 영그네.

얼굴 붉히며 슬쩍슬쩍 떠나가는
봄

굴종과 용기

훗날을 생각하지 않는 숙임은 굴종이고
용기는
현재의 고난을 미래의 지렛대로 삼는 것

아토피

세상에는 잘 알려지지 않은
많고 많은 독이 있음을
평생 몸으로 깨우치는
괴로움의 종합선물세트

타산지석

성공해서, 이른 아침에
여유롭게 운동을 할 수 있는 것이 아니라

일찍 일어났기 때문에
그렇게
열심히 땀 흘리며 뛰었기 때문에…

핵무기

우리는 저마다 가슴속에
핵폭탄보다 훨씬 더 강력하고
오랫동안 사라지지 않는
무서운 무기를 하나씩 품고 산다.

- 증오

만리장성

그것은 돌로 쌓은 성이 아니라
목숨으로 쌓은 역사다

고귀한 넋을 바쳐
천 년을 넘게 다져 온

그 시절, 그 사람들의
통절하고도 고단했던 세상 사는 이야기

탐욕

도둑고양이처럼

조금씩

우리들의 영혼을 갉아먹는다

결코 치유되지 않는 중독성

아무런

죄의식이나 통증도 없이…

노력

세상이 내게 오는 것이 아니라
내가 세상으로 나아가는
첫걸음

꽃과 벌

나는 꿀을 줄 테니
너는 씨앗을 옮겨다오

서로에게 필요한
생존 한 봉지

불면(不眠)

어둔 밤
작은 바람 소리에도 화들짝 놀라
수억 개의 뇌세포가 사라져 간다

회복되지 않는 잠 속으로
불면중도 밤이면 불면인가보다

갈대와 억새

저항하지 않고,
아니 저항할 수가 없어서
자주자주 고개 숙일 뿐

남보다 앞서가려는 마음
디디고 일어서려는 욕심
그 형체 없는 저항을 비켜
삶을 지키고 있는

저 부드럽게 끈질긴 목숨들

고독

자기절제를 시험하는 시간,

파묻혀 나오지 못하면
음습한 늪지대가 되지만

적절하게 제어하면
넓디넓은 도량의 시간이 되는

마네킹

너는 늘 정지된 시간을 살고 있구나
스스로는
시선 하나도 마음대로 옮길 수 없는
너는
항상 미동도 없는 공간을 지키고 있구나

수치심

살면서, 부끄러움을 모르면

최소한

삶에 대한 예의가 없는 것이다.

서울, 아파트

짙은 어둠이 내리는 아파트 차창마다
언뜻언뜻 새어 나오는 불빛들은
거대한 타이타닉의 항해였습니다.

하루살이

한 번도 본 적 없는
희망찬 내일 아침 햇살을 위해
저녁 한나절을
처절하고도 분주하게 살아가는…

구토

미처 융화되지 못한
이질적인 것들을
무질서하게
되짚어 진열하는 고통스런 행위

삭이지 못한
삶의 욕구들

작별

우리들을 위해 희생한
수많은 동·식물
무기물, 자동차…

그리고 주위의 모든 것들에게
소중한 감사의 마음을 전하는
뒤늦은 인사

연(鳶)

동력을 이용하는 비행기
바람 타고 오르는 연

나름 의지대로 움직이는 비행과
순응하는 비상의 차이

상대성 원리

자동차가 달리는 건지
아니면
지구가 힘차게 그 속도만큼
밀려나고 있는 건지

고려의 별빛

북극성까지 거리가
천 광년 정도라고 한다.

이제야 보고 있는
왕건 시대의 흔적이여!

장수시대

우주의 생명이 현저히 연장되고 있다
광속으로 달려가는 세월
사람들이 기억하는 동안은 그 사람만의
우주 역시
살아서 존재하기에,

장수 만세
우주 만세

백세시대

늙은 청춘들이
세월을 잊고
다시 일어서고 있다.

젊은 노인들이
현재는 잊어버리고
보이지도 않는
앞날만 걱정하고 있다.

제로 썸

내가 갖고 싶어 하던 것들을
네가 갖고 싶어 하는 것들에게
밀어내 버렸더니

내가 갖고 싶어 하던
그것보다 더 큰 것들이
텅 빈 그 자리를 다시 기쁨으로 채우는…

보릿고개

울 엄마 등에
혹 같은 날 업으시고
허기진 땀 흘리며
넘으시던 고갯길
그 고갯길

해탈

삶이 즐겁지 않고
죽음이 슬프지 않게 되면

삶과 죽음이
결코 이질적이지 않다고
언젠가 감히 말할 수 있을 때,
그때

갱년

세월이 흐르고 흘러

기어이

꽃을 피울 수 없는 꽃나무가 되었다.

또 세월이 흐르고 흘러

꽃 피울 수 있는 꽃을 그리워하는 꽃나무가 되었다.

장미

너에게
가슴 두근거리며
다가간 이유

바늘보다 더 아픈 사랑에도
항상 행복함을 느끼는 이유,

기다림

아직 확정되지 아니한 상태가
지속적으로 이어지는 것

때로는 조바심을 동반하거나
불안한 상태로
변하기도 하는 것

기본적으로 심한 마음의 변화를 동반하면서
짧은 순간이
사계절보다 더 길어질 수도 있는…

민망

만일 봐서는 안 될 일이라면
볼 수 없는 일이라면

다른 곳으로 시선 돌리기보다
그냥 눈 감고 있을래

목표

한껏 노력했지만
아직은
이루지 못한 상태

가까이 있지만
손에 닿으려면
조금 더 가야 하는…

제3부

주머니 속의
하루

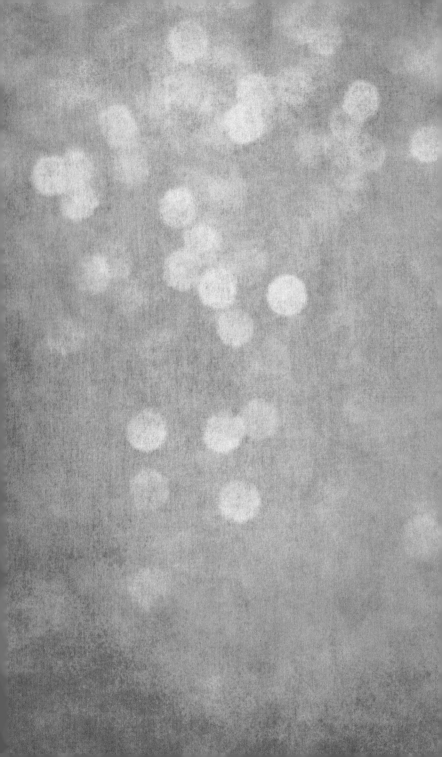

찔레꽃(송찬호 시인)

어쩌면, 찔레꽃은 그저 그런 관념 속의 꽃이다. 사람으로 치면 갑남을녀는 아닐지라도 그리 강렬하달 수 없는 그저 그런 평범한 그리움일 뿐이다.

그의 찔레꽃은 차가우리만치 이지적이다. 그런데… 그저 한 여인을 떠나보낸다는 흔하디흔한 이야기뿐인데 왜 이리 가슴속부터 눈물이 나는 걸까, 시인은 울지 않는데 시는 근원을 알 수 없는 눈물을 흘린다.
치유할 수 없는 서러움

밀어버린 눈썹처럼 휑하니 비어버린 가슴속으로 의미도 없이 또 서러움이 솟구친다.
뱀이 울고 있는 것일까, 찔레꽃이 울고 있는 것일까, 오월의 신부가 울고 있는 것일까, 아니면 우리들 관념이 울고 있는 것일까

담담해서 더욱 서러운 이별 꽃

집으로

나는 아침마다
천 근 같은 황금덩이 하나 품고 출근했다가
만 근 같은 납덩이를
꼬리에 달고 퇴근한다.

집으로 가는 길이
너무 멀어
잠시 쉬었다 가는 그곳
그 무슨 인생이라는 안주거리로
깊어가는 어둠을
이야기로 밝히려는 듯
설익은 인생사, 한껏 멋을 낸
소리 소리들

하루종일 소모한 영혼들이
허허로운 웃음으로 떠나가는
저녁,

우리들 자존심도
높게 솟은 도심 빌딩 위에 걸린
초승달처럼
더불어 홀가분해진다.

비석

사람들이 원래의 모습을
기억하지 않을 것이므로
너를 세운다.

세월이 흘러
본래의 모습은 점점 잊힐지 모르지만

혹, 너의 모습은 기억할 수도 있겠다.

뼈와 살을 깎아
고통으로 새긴 실존의 기록,

그 굳건하고 투박한 역사를 따라
기억을
재생하는 것

어쩌면 너는

수없이 많은 역사의 바늘에 패인

축음기일지도 모른다.

모기 4

내가 서슬 퍼런 적의를 품고 달려들었을 때만이라도
너는 좀 더 자제하는 모습을 보였어야만 했다.

어둠 속에서 거슬리는 소리를 분출하며
정체를 드러내지 않는 약탈 행위보다
소중한 잠을 훔쳐간 소행이 더 얄미웠는지도 모른다.

하기야
배고픔의 유혹을 이길 재간은
사람에게도 없는데

개체보존의 그 강렬한 본능을
네 어이 자제할 수 있으랴

순간의 충만을 위해 목숨을 거는
너 또한 하나의 본능에 불과한 것을

모스퀴토!

팽이

살기 위해서는
넘어지지 않기 위해서는
부지런히 몸을 움직여야 한다.

다이어트,
살이 빠지지 않음에도
쉼 없는 몸놀림을 계속하여야 한다.

쓰러지지 않기 위해서는
어지럼증 따위를 가볍게 뛰어넘어
끊임없이 회전하여야 한다.

멀어짐과 당김의 절묘한 조화,

관습, 그 이기심에 대하여

사회에서는 늘
관습이란 조준경으로
사람들의 이기심을 포획하려 하지만

바람구멍은 도처에 널려 있다.

닳고 닳은 도망자들과
헤진 가슴으로 달려드는 이기심,

관중의 감성에 의해 결정되는
여분의 정의
그 노련한 회피 앞에서

사람마다 다른

정의의 무게와 탐욕과

풍향에 따라 바뀌는 진실들

관습, 우리들의 약속

그 독보적인 이기심에 대하여…

사은품

큰 우유팩에는 늘 '고객 사은품'이라 쓰인 작은 팩들이 스
카치 테이프를 둘둘 말아 올리며 혹처럼 덧붙어 있다.
대개 한 팩이 붙어 있으나 어떤 날은 두 팩이 쌍으로 붙
어 있는 경우도 있다.
그러던 것이, 이제는 두 팩이 붙어 있지 않은 우유를 찾기
가 쉽지 않다. 한팩 짜리는 이미 주부들의 눈 밖에 난 탓
이다.
하지만, 출근길, 힘을 보충하여 주는 것은 늘 '고객 사은
품' 우유이다.
어릴 적, 그리도 먹고 싶던 우유가 이제는 고객들의 시선
을 끌기 위한 어릿광대 노릇을 하다니, 세월이여…
한 달을 허덕이며 일하는 가장은 늘 가족들에게 얹혀사
는 사은품 인생이다.

탄성한계

'똑' 부러진 답을 원한다면
그렇게 해도 좋다.

늘 유연한 몸매와
부드러운 휘어짐으로
여러분들의 모난 곳을 받아주지만

한순간 방심에
부러져, 허연 속니를 드러낸다.

우리들 인내심의 한계

전복

그래도 파도 소리 숨어드는
바닷속에서
마음껏 살다 왔는데

지금은 안온한 수초 대신
가벼워진 영혼으로
스티로폼 상자 속에 갇혀
랩을 통해 굴절된 바깥세상을 본다.

아늑하고 깊은 세월은 이제
돌아갈 수 없는 그리움으로
아직도 귓가에 철썩거리는
파도로 다가오지만

오늘 저녁 김 여사 장바구니에

간절히 간택되기 위해

열심히 남은 생을 싱싱한 듯 꼼지락거려야 한다.

남은 시간을 조금이라도

아끼기 위해

바다의 산삼,

추억 1

떠난 뒤 서른 번째 별이 떴다.

여름엔 빈틈없는 모습으로 바람의 길을 막아서더니
한겨울 오히려 시린 그 기억은 한 자락도 막지 못한다.

아버지, 늦은 밤 집으로 돌아오시던
그 작은 하늘 같은 지붕 위로
서른 번째 별이 중천으로 떴다.

쪽잠 자며, 이불 두르고
호호 손 불며 쓰던 이야기도
이제는 귓속을 윙윙거리는 꿀벌처럼
즐거운 노랫소리로 이어지고

누가 볼세라
어두워지면, 짧은 시간 차가운 등물로
한낮의 짜증을 밀어내던

작은 둥지 같은 슬레이트 지붕 위로
어김없이 포근한 보름달이 뜨고
어머니, 온종일 허리 한번 못 펴시고
힘든 날, 비처럼 눈물처럼 흘려보내시던

크고 작은 수없이 많은 이야기 속으로
서러운 내 발톱이 자라고, 세월이 익고, 달이 차고
누가 뭐라 해도 서른 번째 별은 뜨고
하늘 한가운데 당당하게 추억으로 떠오르고,

이제는 모든 것 가슴 깊이 간직해 두고
그리움을 만나러 떠날 시간이다.

부재중 업무

아내가 잠시 외출해도

드르륵 드르륵

빨래는 잘도 세탁되고 있다

경쾌한 기계 소리와 함께

생활을 향상시키는 드럼 세탁기

엄마가 집을 비워도

치이익 치이익 칙 칙

저녁밥은 맛있게 익어가고 있다

시장한 밥 냄새 풍기며

향긋한 입맛 되새기는 전기밥솥

부재중에도 늘 쉼 없이 돌아가는

편의적 일상

조금씩 더 그리워지는 사람들의 손길

귀향길

어둠은 산등성이를 내려와
나무들이 줄지어 서 있는
강으로, 강으로 달려가고 있다

짙은 어둠들이 수군거리며
아스팔트 바닥마다 숨은 귀들을 일으켜 세우고

남은 갈증을 메워주기 위해
조용히 서녘 노을을 향해
속삭이고 있다

고향길, 이 저녁의 끝자락
내일은 또 누구의 출향길로 따라나설까

자전거에 관한 소고

넘어지지 않기 위해
달려야 한다.

쓰러지지 않기 위해
주저앉지 않기 위해
앞으로
계속 나아가야 한다.

적재된 삶의 무게와
실리는 관성의 힘을 따라가는
끝없는 텀블링

가족계획

본연의 행위를 제한하기 위해서가 아니라
예상치 않은 결과를 회피하기 위해서다.

타고난 능력을 손상하지 않고서도
예기치 못한 번식의 덧붙임을 우려하지 않아도 되는,

양육의 부담을 감당하지 않으면서
본능은 지속된다.

뒤바뀐
수단과 목적
현대인의 패러독스

제니의 초상(肖像)

사랑아 우리가 헤어지지 않아도
사는 게 슬프다, 사랑아
사랑아, 우리가 헤어질 수 없었던 것은
처음부터 만난 적이 없었기 때문이다
아니 만날 수가 없었기 때문이다

사랑아
만나지 않고서도 그렇게
가슴 아리고
바람처럼 살아가는 시간 속에서도
만나지 않은 사랑을 그리워하는 것은
못다 한 세월에 대한 연민 때문이리라

사랑아, 보이지도 않고 만질 수도 없는 인연아
관념에 괴로워하는 사랑아
서러운 이별을 그리는 사람아

어느 날 꿈결처럼 살다간 사람을 위해
바람처럼 살다간 시인을 위해
그렇게 그렇게 흘러간 세월을 위해
그리움을 위해, 서러움을 위해

사랑아 오늘도 그리워하는
그대, 젊은 날의 꿈을 위해
이루지 못한 인연을 위해
그리워하는 세월을 위해

영원히 만날 수 없는
제니를 위해

열쇠와 자물쇠

자물쇠와 열쇠는
일처다부제의 이질적인
부부다.

한쪽은 공간을 지키기 위해
폐쇄의 길목에 서 있고
다른 한쪽은
개방을 위해
늘 사람들 호주머니 속에서 대기 중이다.

항상 떨어져 생활하다가
한순간의 만남으로
서로의 역할은 끝난다.

요즈음엔

혼자서 허허로운 공간을 지키다

최소한의 고민도 없이

사람들 기억만으로도

활짝 열리는 디지털의 사생활 공간,

새내기 부부처럼 그 앞날을 알기 어렵다.

언쟁

표적을 향해
정확하게 날아간 독한 말들이

풍선을 터뜨리듯
가슴속에 팍, 팍 꽂힌다.

절대 뽑히지 않을
대못으로 자라나는 선입견

하늘 향해 분수처럼 솟아오르는 성마름
쉽게 지워지지 않는
그 무수한 상흔들

결코 손에 잡히지 않는…

입관

오늘은 꽃단장하고
내 사랑 만나러 가는 날

아주 오래전
시집오던 날, 그날처럼
연지 곤지 찍고

창백한 낯빛 조금이나마 환하게 보이고 싶어
분 바르고
말없이 꽃단장하며

먼저 가신
내 사랑 다시 만나러 가는 날

달맞이꽃

한참을 걸었습니다.

찬바람이 오히려 시원하게 마중 나오는 그 강을 따라
구름 끝나는 어둠마다
희끗희끗 흐린 달만이 우리를 따라옵니다.

그리웠습니다.

차가운 밤공기가
격리실 문처럼
무겁게 등 뒤에서 닫히고 있었습니다.

삶에 대한 확신만으로 펼쳐진
밤하늘 가득
제 별 인양
태곳적 수많은 별들이
빼곡히 가슴 끝마다 박여있었습니다.

콘서트 7080

이광조 님이 노랠 부른다.
가다 가다 지치면
다시 돌아오리라.

조금 넓어진 가슴
또 조금은 후덕해진 몸으로

이제는 연륜이 묻어나는
그 완강한 얼굴 표정으로
노랠 부른다.

삼십 년의 세월은 그렇게
노래와 함께 아련하게 지나갔다.

배철수 님이 그 뒷무대를 조용하게 풀어내고 있다.
우리 모두 허허롭게 지난 세월을
함께 노래하고 있다.

펜

그들의 펜 끝은
나침반처럼
항상 진리를 향한다고 했다.

우리들 생각은
펜을 통해
늘 순수함을 지향한다고 했다.

가지지 않는 것이 자랑스러운 것이 아니라
억지로 가지려 하지 않는 것이 자랑스러운 것이다.

칭찬하는 것이 아름다운 것이 아니라
칭찬할 수밖에 없는 그 마음이 아름다운 것이다.

행동은 마음의 나침반

칼날처럼

상처를 덧나게 하거나

포근한 마음으로 감싸기도 한다.

항상

흔들리지 않는 쪽을 바라볼 수만 있다면

너 역시 크고 아름다운

아량인 것을…

눈

허, 사람들이 자꾸
나를 내려다 본다

내 몸은 이미 내 의지를 벗어나
내 뜻대로 움직일 수 없는데
그들은 흘깃거리며, 나의 몸을 조금씩
음미하고 있다

나 역시 나보다 작은 것들의
생명을 섭취하며 바다 가운데서 살아왔으니
이제 그대들에게 포획된 이 몸,
당연히 주어야 하리
힘없이 깜박거리는 내 눈을 보고
놀라지는 마시게
그저 마지막 가는 길
세상 한 번 더 구경하고자 함이니

잠시 후 서덜 탕으로 스며들어

그대들 미각의 부족함을 메워줄 테니

이제, 편히 눈 좀 감을 수 있게

그 연민의 눈빛을 거두어 주시게나

제발…

목동 야구장에서

그물 밖의 새들이
공을 물고 날아온다.

스탠드 안으로 갇힌 소망들이
힘차게, 함성을 타고
드높은 하늘 향해 솟아오른다.

주체할 수 없는 갈망과
힘의 한계,

그들은 매일 새로운 몸놀림으로
동일한 목적과
보다 나은 완성을 겨냥하지만

제어되지 않는 관성의 법칙,

항상 가늠해보는 욕망의 깊이 때문에

의도와 결과가 늘 같지 않은

타성의 불연속선

맴돌면서 끊임없이 추적하는

백구의 궤적

서러운 시지프스 이야기

인연 1

무명이 서러워
이 작고 힘든 세상을
이승이라 불렀지

남기고 가는 것이 아쉬워
무겁고 긴 욕망의 그림자를
미련이라 불렀지

잊히지 않으려는 처연한 몸부림,
그 끈끈한
기억 하나 남기려고

소녀천하

그들은
자기들이 얼마나 큰일을 해낸 것인지를
실감하지 못하고 있다.

까르르 웃거나
주르르 눈물 떨구면서도
마음은 마냥 즐거움이다.
베컴 선수와의 수줍은 악수도
친구들에게 단지 자랑거리일 뿐,

그들은
아직도 자기들이 얼마나 큰일을 해낸 것인지를
모르고 있다.

오빠와 언니들이 그토록 갈구하던
수십 년을 벼르고 별러서도 이루지 못했던
신기루를
그냥 신나게 취득한 것일 뿐
그것이 얼마나 무겁고 큰 것인지를
얼마나
고귀하고 피땀 어린 열망의 산물인지를
모르고 있다.

어쩌면
그 어린 나이로 감당하기 어려워
짐짓 모른 척하고 있는지도 모른다.

우리들조차도

그들이 얼마나 크고 장한 일을 해낸 것인지를

세월이 흘러가야 알게 될 것임을…

2010.9.26. 트리니다드토바고에서 개최된 FIFA 17세 이하 여자 월드컵에서 대한민국 팀이 우승하였다. 어른들이 못한 일을 우리의 자랑스러운 딸들이 이루었다. 참 대견한 일이다.

생각의 덫

머릿속으로 작고도 오싹한
벌레가 꼬물거리며 지나간다

늦은 가을, 바람 몹시 불던 밤
거미들은 잠잘 곳을 찾아
부지런히 생각을 엮는다
어둠마다 흔들리는 원초적 욕망들,
셔터로 드리워진 옹졸함이
밝은 표정 뒤로 숨는다

그립고 그리운
생각 하나 지울 수 없어
눈감은 저편 하늘가
언제나 또렷한 얼굴로 다가온다

그물 속으로 몰려가는 정어리 떼
다가오는 이별 또한
담담한 하나의 과정일 뿐
무리들과 함께
온몸으로 그 위험을 받아들이고 있다

사랑니로 깊게 박인 첫사랑
만날 때마다 석고화된 아린 기억
자유롭게 뛰놀던 꿈속의 들녘

소나기가 폭포수로 쏟아지고
스멀스멀 잠 속으로
벌레들이 깊이 들어가고 나서야
생각은 밝게 갠 하늘로 달려가고 있다

누구인가

나를 아빠라 부르는 아이들에게 나는 누구인가
형이라고 부르는 동생들에게 나는 누구인가

나를 아우라고 부르는 누님들에게 나는 누구인가
조카라고 부르는 고모들에게 나는 누구인가

나를 김서방이라 부르는 장모님에게 나는 누구인가
처남들에게 나는 누구인가

나를 팀장이라 부르는 동료들에게 나는 누구인가
선배라 부르는 후배에게 나는 누구인가

나를 나라고 부르는
그런 나는 누구인가?

동백꽃

삶이 가장 화사하고 아름다울 때
홀쩍 떠나고 싶단다.
아니, 붉은 잎에 작은 멍이라도 들기 전에
조용히 이별하고 싶단다.

꽃향기 별똥별로 흩어지던 날
그리움이 달처럼 앞산 위로 솟던 날
싱그러운 젊음을 지키기 위해
스스로 목을 꺾는
그 지독한 자존심의 끝이여

달인

담담한 세월을 가득 담은 얼굴로
아름다운 선율을 풀어내며
피아노 건반 위를 날아다니는
뭉툭뭉툭한 달인의 손가락

혹독한 인내를 삭여낸 손끝으로
육중한 부담감을 당겨
황금 과녁 속으로 화살을 퉁겨 보낸다.

거북등으로 갈라진 양궁선수의 손끝
평생을 안으로만 삭여
해진 어머니의
버선발처럼 가슴 아리다.

뫼비우스의 띠

이 길의 끝은 어디일까
돌고 돌아 다시 그 자리

매일 다니는 이 길
매번 같은 땅을 밟지는 못한다.

이 삶의 끝은 어디일까
앞선 사람들이 무수히 다녀간 그 길

매번 같은 듯 조금 다른 길을
뒤따라가는

번거롭고, 반복되는
이 고뇌의 끝은 어디일까

모창

정성호 님이 노래를 한다.
웃음을 위해
온몸을 불사르는 그
오늘도 임재범 님의 모창을 한다.

똑 - - - 같다.

목이 쉬어 절정의 고개를 힘겹게 넘어가는 시간
아내가,
지켜보던 그의 아내 얼굴 위로
끝내 이슬이 굴러 떨어진다.

어렵고 힘들었던 시절

가족을 위해

지켜보는 수많은 팬들을 위해

그는 차별 없이

최선을 다하고 있다.

의연하고 떳떳한

이 시대의 엔터테이너

수양대군의 변

왜 나를 전하로 불러주지 않는가
왜 나를 왕으로 인정해 주지 않는가

나 역시 그대들만큼
서러운 따돌림과 고독으로
당신들을 쉽게 받아들이지 못한 것이다.

강한 신념의 왕
나라를 위한 일념을
사욕이라 부르는 그대들이여
나를 포악하다 부르지 마라

나 역시 그대들처럼
수려하고 젊은 과거가 있었나니

나 역시 지아비로서
아이들과 지어미가 있었나니
그대들의 행복을
도중에 잘라내고 싶지 않았나니

서로가 서로에게
쇠사슬을 감고
돌아서는 등 뒤로 달려드는
무수한 힐난과 질책들

왜 나를 왕으로 인정하지 못하는가
하나의 인간으로 받아들이지 못하는가

관성처럼 역사를 끌고 가는 그대

처절하게

나를 외면하는 친구 같은 당신들

너무 사랑해서 아픈

나의 백성들이여

손톱 깎기

또각 또각 톡, 톡
귀뚜라미가 장애물을 튀어 넘듯
돌려가며 손톱을 자른다.

깊은 밤, 작두처럼 퍼런 날이 선 손톱깎이 가장자리로
도망친, 한동안 내 몸이었던 손톱 조각을
뿔 달린 도깨비가 먹고 나면, 결단코
꿈마다 나의 분신이 되어
쫓아다니며 괴롭힐 것이라고
앉은뱅이책상 밑으로 숨어드는 손톱 조각처럼
어머님 웃으면서 하신 그 말씀,
금지의 또 다른 표현이었음을 깨닫기까지
한 움큼의 달아난 손톱조각과
손톱 초승달만큼의 시간이 필요했음을

또각 또각

더 날카롭지만, 이제는 칼날 가장자리를 막아

귀신같은 도깨비조차도 받아먹을 수 없도록

방패를 단 손톱깎이,

새로운 장비들이

도깨비들의 부활 기회를 차단하고 있는데

뭣이 그리 급하셨나

파도 소리 하나 들리지 않는 아득한 바다 건너

서둘러 길 떠나신 어머님,

도깨비가 못난 아들을 괴롭힐 때쯤

분명 그 도깨비를 쫓기 위해

찾아오실 것을 믿어 의심하지 않아

또각 또각, 톡!

일부러 손톱 한 조각을 문갑 밑

어둡고 먼지 가득한 꿈속으로 밀어 넣는다.

귀거래사

사람들은 서로의 겉모습을 향해 인사를 한다
무슨 태곳적부터 내려온 빛이 있거나
이끼 가득한 입속으로 잦아드는
소원이 있어서일 게다

또 다른 그들에게는
등 뒤를 향해서도 인사를 한다
세상 가장 견고한 바윗돌로 쌓아올린
높고 푸른 탑 위로
그 근엄함을 녹여주듯 복주머니 같은 달이 떠오르고
이맘때처럼 사랑으로 가슴앓이하던
스물다섯, 혹은 예닐곱의 젊음들이
깍지 낀 손을 가슴으로 잡고
긴 어둠을 향해 조잘거린다

땅거미 내려 더욱 견고해진 교각마다
두둥실 뭉게구름 떠오르고
검푸른 하늘 가장자리로 입 큰
고래가 몰려온다
수천 년을 이어온 허기진 손으로
더 움켜쥘 시간도 없다

빈 공간마다 채워지는 지나간 세월,
청량한 어둠 속으로 몰려드는
비릿한 그리움들이
한 조각 안개처럼
눈높이로 둥둥 떠다니고 있다.

수험생

애야, 너의 표정 하나에
엄마는 목이 멘단다.
네가 웃는 날은 주름살 펴지고
네 어깨 쳐지는 날
인생 일 막의 커튼이 드리워진단다.

애야,
너의 몸짓 하나에
엄마는 속이 탄단다.
그 많은 짜증 다 버리고
잦은 투정 다 버리고
세월도 다 가두어 두고
애야
엄마야말로 인생 수험생이란다.

해바라기

오로지 그대만을 향합니다.

비 내리면
고개 떨구고
짙은 어둠 속으로 그대 떠나면
속절없이 바라볼 그 누구도 없어
이리저리
가녀린 어깨만 들먹거립니다.

나 오직 당신만을
이 세상 끝까지 좇으렵니다.
비록 이룰 수 없는 사랑으로 끝난다 해도
그대는
내 삶의 이유이기 때문입니다

한평생의,

코스모스

이루지 못한 사랑을 위해
자주 자주
바람벽 너머 흔들리며
그대 향해 몸짓한다.

살아생전
사랑할 수 없어
꽃잎 붉게 지던 날

그대 그리움 가득한
가슴 한가운데
추억의 책갈피로 꽂혀

해 뜨고, 달 밝은 날
새로 피는 사랑을 함께 보리라

퇴원

세상 모든 부러움 다 가진 듯, 잠깐씩 고통의 신음 소리
잦아들 때마다, 아들 생각 손자 생각
이미 떠난 그 곁, 언제나 애틋한 어릴 적 그 모습처럼,
허공마다 끌어안은 타향살이 자식들
아주 가끔씩 예쁜 짓 하면 속을 썩여도 곪은 상처
다 나은 듯 활짝 피던 그 밝은 웃음도
견디기 힘든 통증마다 끊어지고
이 아름다운 세상 얼마 남지 않아 이별할 것을 알면서도

행여 자식 어깨 위에 무거운 돌덩이 하나 더 올릴까
병상에 남은 분들께 마지막 손 흔들어 작별을 고하시던

눈물보다 더 아픈 웃음 남기신
이별길

계림(鷄林)

신라 천 년의 꿈을 보듬어
숲으로 태어났다
어스름 깔리는 왕국의 저녁
연회색 바람이 날리는 숲,
나무는 흔들리지 않는다.
바람도 소리 내지 않는다.

기골이 장대할까
가까이 다가서면 거칠게 분할된
굵은 갈색선의 사내가
계림을 향하고 있다.

그리움의 세월을 벗어나기 위해

흔들리지 않는 바람 속으로 표표히

힘찬 걸음을 옮기지만

걸어도 걸어도 닿지 않는 숲

천 년의 그 거리는 조금도 좁혀지지 않는다.

미동도 없이 벽을 향해 솟아오르는

유년의 푸른 숲

한평생의 기다림 속에 갈무리해 둔

裵 화백의 꿈

길상사(吉祥寺)

이번 주말에는 길상사에 가보자 하였다.
천 년의 사랑을 이어갈 기다림의 장소,
영혼과 사람이 만나다
이제는 모두 적막한 숲 속으로 꼭꼭 숨어버린 그 사랑

휴일이면 길상사에 가보자 하였다.
속세의 나도 죽으면
저 아름다운 사랑이 스며있는
길상사의 바람이 될 수 있을까,
풍경처럼 곁에 있던 아내도 떠나면
성모 마리아를 닮은 보살 석상이 되어
천년, 만년, 기다려줄까

쉬는 날이면, 시간이 나면, 길상사에 가보자 하였다.

눈 내리는 날

소리 없이 맑은 영혼으로 뿌려진

그 사랑을 찾아보자 하였다.

찔레꽃 꺾어 들고 찾아온 그 시인을 만나보자 하였다.

살아서나 죽어서나

변치 않은 그 전설을 찾아보자 하였다.

휴식이 오면, 육체의 휴면이 소리 없이 다가오면

나 역시 바람 되어 그 숲 언저리에 가보자 하였다.

붓을 씻으며

붓을 씻으며
그 옛날 로마 장군과 검투사의
피 묻은 칼을 생각한다.
칼을 씻으며
매듭지어진 삶과 죽음의 의미를
짙은 슬픔으로 되뇌다
다시 새로운 전투를 준비하여야 한다.
생존을 위한 변명들…

붓털마다 숨은 헤아릴 수 없는 땀과 시간을 찾아
사라져 간 수많은 습작인생을 생각한다.
한 번 던져진 운명처럼
백지 위의 흔적들은
다시 되돌릴 수 없다

수많은 목숨을 담보로 칼이 울고 있다.
수없는 땀을 먹고
붓이 떨고 있다.
진퇴양난의 갈림길
고비마다 검투사는 목숨을 걸고
붓은 이름을 지운다.

아득하고 머나먼 길
뒤돌아보아도 흔적 없고
헤쳐 나가야 할 길은 아직 까마득하다.

헝클어진 생각을 벼리고 별러
거두어들일 새로운 길을
온몸으로 힘껏 새기고 있다

수퍼에서

꼬리를 잘게 썰어서
국물을 우려낸 다음…

비닐마다 또렷이 적혀있는
꼬리곰탕 조리법을 보면서

공룡이나 어떤 육식성의 영장류가
만일 이 세상을 지배하였다면

내 영혼이 잘게 부서져
푸줏간 고기처럼 걸려있었을지도 모른다.

누군가의 한 끼 식사를 위하여
조금씩 뜯겨져 포장되는 삶의 흔적들

수퍼마켓마다 걸려있는
미처 이루지 못한 티라노사우루스의 꿈

주머니 속의 하루

예사롭지 않은 일상이 하나 가득 들어있는 것 같아
짙은 침묵 속, 공간마다 쌓이는 희미한 빛
내일보다는 주머니 가득한 오늘이
훨씬 더 명백한 사실로 다가오고

꺼낼까 말까 그 아련한 기억들을
생각할까 말까 그 애틋한 세상 사는 이야기들을
되돌아보면
점점 다가오는 묵직한 발자국 소리들

그대 순수한 마음 들여다볼 수 있는
내시경 하나 눈 속에 걸고
숨바꼭질하듯 그대 기억을
찾아갈 수 있다면

주머니 속 깊이깊이 개켜둔 그 행복을
오늘 하루 풀어낼 수만 있다면,

사물의 실체적 진실 발견과 미적가치 창출을 위한 이데아적 시 세계

- 김건섭 시집『주머니 속의 하루』를 읽고 -

1. 들어가며

예술은 현실과 비현실 사이를 오가는 기이한 것이다. 김건섭 시인의 시를 읽으면서 현실과 환상이 교차하는 신비감을 느꼈으며 시공을 초월한 영원의 실제를 느낄 수가 있었다. 시인은 작품을 세 가지로 분류하였다. 시편들을 그저 갈라 분배한 것이 아니고 의미별로 대별하였다.

제1부에서는 '짧은 생각들'이란 겸허한 부제를 붙였다. 일상에서 보고, 듣고, 느낀 소회를 짧은 시어로 엮었다. 얼핏 보면 평범해 보이지만 시 속에는 무한세계가 느껴지며 긴 여운이 있다. 무엇보다 삶의 문제와 고뇌를 어떻게 해소하는가에 대한 주제의식이 잘 담겨 있다.

제2부는 '또 하나의 의미'라고 하였다. 지혜로운 삶, 생존의 방법론, 사물에 대한 인식의 문제를 다루었다. 시인

이 체험한 소재를 의미 확장하고 재해석하여 언어의 결정체를 빚어내었다. 그 시편 안에는 시공을 초월한 영원의 세계가 들어있다. 시인의 말대로 '소재에서 농축한 또 하나의 의미'가 담긴 주제를 드러내고 있다.

제3부에서는 '주머니 속의 하루'라고 한만큼 숙성된 시편들이며 본 시집의 제목으로 되었기에 무게감이 느껴진다. 사물의 실체적 진실을 발견하고 미적가치를 창출해낸 이데아적 시 세계가 펼쳐진다. 그 언어 세계 안에는 문예사조에서 말하는 근대의 낭만주의적 멋이 있고, 현대의 유미주의적 아름다움, 그리고 높은 예술성의 상징주의가 있다.

김건섭 시인으로부터 평설을 써달라는 부탁과 함께 원고를 받았다. 이런저런 바쁘다는 이유로 많이 늦었다. 김 시인의 성품을 잘 알고 있는 입장에서 송구하기 그지없다. 김 시인은 공직에서 평생을 올곧게 봉직하여 오신 분이다. 일상에서도 풍산김씨 가문의 선비정신을 갖고 흐트러짐이 없이 자기관리에 철저한 분이다. 그렇기에 그의 성품은 시에서도 그대로 드러난다.

시인은 필자가 발행하고 있는 계간 《영남문학》 2010년

겨울호 신인상으로 등단하였다. 참 좋은 인연이 맺어진 것이다. 김 시인은 이미 청년 시절인 1976년 〈충청일보〉 신춘문예에 가작으로 작품평가를 받았다. 이어 1981년에는 '영대문화상'을 받았으며 시와 수필집을 이미 낸 바가 있다.

《영남문학》에 등단할 때 이태수 시인이 심사를 하였다. 그때 이태수 시인은 김 시인의 작품세계를 극찬한 바 있다.

2. 온고지신(溫故知新)의 정신과 세계관

시를 쓴다는 것은 사고와 경험을 바탕으로 그 정서를 표출하는 것이다. 그래서 사람마다 의식과 세계관이 다르다. 논어에 이르기를 '옛것을 익히고 새것을 알면 남의 스승이 될 수가 있다.'라고 가르친다. 남의 스승이 된 사람은 새로운 도리를 깨달아야 된다. 옛것에 대한 올바른 지식이 없이는 오늘의 새로운 사태를 정확히 파악할 수 없고, 새로운 사태를 정확히 인식하지 못한다면 장차 올 일에 대한 올바른 판단이 설 수 없다.

이런 원리에 비춰볼 때 김건섭 시인은 온고지신의 정신을 가지고 있다. 그래서 시인은 일상의 익숙한 것들에 대하여 사랑하는 마음을 가지고 있다. 또 새로운 것들에 대하여는 호기심과 따뜻한 시선을 갖고 이성적이며 합리적인 세계관을 도출하고 있다.

> 70여 년이 지난 지금
> 이제는 변명을 할 만도 한데
> 늘 미안하다고 한다, 독일은
>
> 이제는 반성을 할 만도 한데
> 절대 아니라고 한다, 일본은
>
> ―「홀로코스트(holocaust)」 전문

시인은 과거를 토대로 오늘의 현실을 직시하고 있다. 그리고 같은 전범(戰犯)인 독일과 일본을 민족성과 양심을 통해 대조하고 있다. 각 단락 끝에서는 도치법을 활용함으로 시의 맛을 내고 대조의 효과를 극대화하고 있다.

> 연탄구이 불화로 집에
> 둘레둘레 모여 있다.
>
> 온 세상을 다 짊어지고 간다.
>
> 아직은 옛날을, 그 힘든 세월을
> 느낄 수 없는 나이들인데…
>
> ―「화로구이」 전문

시인의 시선은 참 따스하다. 그냥 스쳐가도 될 대수롭지 않은 사안에도 그들을 바라보며 연민의 정을 느끼고 있다. 오늘날 이러한 풍요 가운데도 사상의 허기, 취업 문제 등으로 고뇌하는 신세대들을 바라보는 작가의 철학을 볼 수가 있다.

김건섭 시인의 작품 소재를 살펴보면 독서를 통한 경험도 많다. 과거 김춘수 시인과 서정주 시인의 경우 초기 작품들은 삼국유사에 나오는 내용을 재해석하여 새로운 인식의 세계를 열었었다. 김춘수 시인의 「처용단장」의 경우도 처용이라는 설화적 인물을 서정적 자아로 설정하고 그리움의 정서를 나타낸 것이다. 역시 서정주 시인의 「사소 단장」도 '사소 설화'를 모티프로 인간 세계의 유한성과 인간 본질의 한계를 뛰어넘으려는 구도(求道) 정신을 보여주는 작품이었다.

이처럼 김건섭 시인의 「찔레꽃」(송찬호 시인)이라는 시를 보면, 송찬호의 「찔레꽃」을 통하여 내면의 서정적 정서와 그리움의 이미지를 새로운 언어로 창출하였다.

어쩌면, 찔레꽃은 그저 그런 관념 속의 꽃이다. 사람으로 치면 갑남을녀는 아닐지라도 그리 강렬하달 수 없는 그저 그런 평범한 그리움일 뿐이다.

그의 찔레꽃은 차가우리만치 이지적이다. 그런데… 그저 한 여인을
떠나보낸다는 흔하디흔한 이야기뿐인데 왜 이리 가슴속부터 눈물
이 나는 걸까, 시인은 울지 않는데 시는 근원을 알 수 없는 눈물을
흘린다.

치유할 수 없는 서러움

밀어버린 눈썹처럼 휑하니 비어버린 가슴속으로 의미도 없이 또
서러움이 솟구친다.

뱀이 울고 있는 것일까, 찔레꽃이 울고 있는 것일까, 오월의 신부가
울고 있는 것일까, 아니면 우리들 관념이 울고 있는 것일까

담담해서 더욱 서러운 이별 꽃

　- 「찔레꽃」(송찬호 시인) 전문

　김 시인이 송찬호의 서사적 감성의 형상화를 접하는
순간에 느껴지는 서정적 감성을 은유법으로 형상화시켜,
참으로 신선하고 놀라운 기법을 보여주고 있다. 그래서
'찔레꽃'이라는 원관념을 '관념 속의 꽃', '평범한 그리움',
'치유할 수 없는 서러움', '이별의 꽃' 등의 보조관념을 통하
여 형상화하고 있다. 특히 2연에 있는 '시인은 울지 않는
데 시는 근원을 알 수 없는 눈물을 흘린다.'라는 구절은
참으로 비범하다.

이번 주말에는 길상사에 가보자 하였다.

천 년의 사랑을 이어갈 기다림의 장소,

영혼과 사람이 만나다

이제는 모두 적막한 숲 속으로 꼭꼭 숨어버린 그 사랑

휴일이면 길상사에 가보자 하였다.

속세의 나도 죽으면

저 아름다운 사랑이 스며있는

길상사의 바람이 될 수 있을까,

풍경처럼 곁에 있던 아내도 떠나면

성모 마리아를 닮은 보살 석상이 되어

천 년, 만 년, 기다려줄까

쉬는 날이면, 시간이 나면, 길상사에 가보자 하였다.

눈 내리는 날

소리 없이 맑은 영혼으로 뿌려진

그 사랑을 찾아보자 하였다.

찔레꽃 꺾어 들고 찾아온 그 시인을 만나보자 하였다.

살아서나 죽어서나

변치 않은 그 전설을 찾아보자 하였다.

휴식이 오면, 육체의 휴면이 소리 없이 다가오면

나 역시 바람 되어 그 숲 언저리에 가보자 하였다.

- 「길상사(吉祥寺)」 전문

길상사의 내력을 모르는 사람은 이런 시를 쓰지 못할 것이다. 진정한 사랑의 가치를 모르는 사람도 이런 시는 쓰지 못할 것이다. 좋은 시 한 편의 가치를 모르는 사람도 이런 시는 못 쓸 것이라 생각한다. 김건섭의 시 「길상사(吉祥寺)」는 옛것을 익혔기에 현재를 알고 더 나아가 새로운 가치관도 발견하게 되는 것이다.

백석 시인과 자야 김영한의 이루지 못한 애절한 사랑의 스토리는 널리 알려져 있다. 일천억 원의 재산이 백석의 시 한 줄만도 못하다는 말도 널리 알려져 있다. 백석의 시 「나와 나타샤와 흰 당나귀」도 널리 알려져 있다. 그것을 안다고 이런 시를 쓸 수 있는 것은 아니다. 그 대상을 어떻게 보느냐에 따라 각자의 세계관이 다르기 때문이다.

이 시는 피안지향성(彼岸志向性)에 의한 모순어법(矛盾語法)이다. 피안지향성이란 건너편을 바라보며 그것을 갈구하는 성향을 말한다. 문학은 인간의 모순된 본질에 기대어 이루지는 것이다. 김소월의 시 「먼 후일(後日)」 끝 행에 '먼 훗날 그때에 잊었노라'처럼 이 시의 4연이 그렇다. … '휴식이 오면, 육체의 휴면이 소리 없이 다가오면 / 나 역시 바람 되어 그 숲 언저리에 가보자 하였다. //'라는 이 모순된 본질이 영원한 진리가 되고 있기 때문이다.

3. 생각의 잣대와 감성의 형상화

시인은 마음에 일어나는 관념이나 추상적, 공상적인 표상을 언어로 구체화시키기 위해서 사색의 시간을 갖는다. 이러한 생각을 통해 추론하여 얻어지는 의미를 심적 형상이라고 한다. 김 시인의 시에도 이렇게 발효된 감성을 볼 수 있다.

자기절제를 시험하는 시간,

파묻혀 나오지 못하면
음습한 늪지대가 되지만

적절하게 제어하면
넓디넓은 도량의 시간이 되는

　　- 「고독」 전문

'고독'이라는 추상적인 개념을 두고 시인은 재해석을 하고 있다. 즉, 고독이란 '자기절제를 시험하는 시간'으로 보고 있다. 그래서 그 고독을 여하히 제어하면 넓은 도량이 되어 사람이나 사물을 포용할 수 있다고 생각한다. 이렇게 생어가 아닌 사어를 두고 의미를 부여하고 있다.

정의로 회귀하려는

최소한의 복원력

원심력을 당겨주는 균형의 힘

벗어나려는 욕구들을

이탈하지 않게 제어해주는

절묘한 구심점

    – 「양심」 전문

이 역시 '양심'이라는 추상적인 개념을 은유법을 통하여 구체화시키고 있다. 그래서 양심은 '최소한의 복원력', '균형의 힘', '절묘한 구심점'이라는 보조관념을 도입하였다. 이러한 심적 형상을 통해 살아가는 방법을 제시하고 있다.

이 외에도 시 「인연 1」에서는 인연을 '이승', '미련', '처연한 몸부림'으로 형상화하고 있다.

4. 문학적 형상화에 성공한 시편들

먼저 심상과 상상에 의한 형상화를 살펴보자. 김건섭의 시는 컬러풀한 색채가 있고 퍼덕거리는 동사가 있다. 시어를 살펴보면 시각, 청각, 공감각 등의 심상에 의한 형상화가 잘 되었다.

> 어디선가 낮은 소리로 들려오는
> 장엄한 오케스트라의 선율
> 온 세상으로 퍼져나가는
> 맥놀이
> 느리면서도 훤칠한 새 생명의 탄생
>
> — 「개화(開花) 1」 전문

시인은 보이지 않는 것을 보고 들리지 않는 것을 듣는다. 즉, 심안(心眼)이 열리고 심이(心耳)가 열리면서 합성파에 의한 청각적 심상의 언어로 되어있다. 시 「화재」에서는 '오른 쪽이 볼록한 상현 낮달이 / 피어오르는 검은 연기 끝에 걸려있다 //'와 '소방차 물줄기마다 옅은 무지개 터지고' 등의 표현에서, 시 「절두산」에서는 '온통 붉게 떨어지는 저녁노을을 / 핏빛으로 기웃거리고 있다.' 등의 표현에서 시각적 심상으로 형상화시키고 있다.

다음은 상징과 비유에 의해 형상화된 시편들이다. 시 「추억」에서는 추상적이고 진부한 제목이지만 서정적 언어로 비유하여 구체화시키고 있다. '이제는 귓속을 윙윙거리는 꿀벌처럼/ … 작은 둥지 같은 슬레이트 지붕 위로/어 김없이 포근한 보름달이 뜨고/어머니, 온종일 허리 한번 못 펴시고/힘든 날, 비처럼 눈물처럼 흘려보내시던/ …' 과 같이 직유법을 적절히 사용하고 있다.

시인은 시 「비석」에서 비석을 '고통으로 새긴 실존의 기록', '역사의 바늘에 패인 죽음기'로 비유하였다. 시 「동백꽃」에서는 동백꽃을 '그 지독한 자존심의 끝'으로 비유하였으며, 시 「목동 야구장」에서는 목동 야구장을 '타성의 불연속성', '백구의 궤적', '서러운 시지프스 이야기'로 형상화하였다. 또한, 시 「모창」에서는 모창자를 '이 시대의 엔터테이너'라고 했으며 시 「가족계획」에서는 가족계획을 '현대인의 패러독스'라고 하여 논리적 모순을 일으키는 논증으로 독자의 흥미를 끌고 신선한 사고를 일으키게 하고 있다. 이렇듯 김 시인은 문장에서 사실적인 언어를 전개한 후 이상적 또는 주지적인 이미지로 주제를 드러내고 있다.

김 시인의 문장에는 묘사력 또한 돋보인다. 시 「계림(鷄林)」에서는 裵 화백의 그림을 보면서 '신라 천년의 꿈을 보듬어/숲으로 태어났다/어스름 깔리는 왕국의 저녁/연

회색 바람이 날리는 숲, /나무는 흔들리지 않는다. //바람
도 소리 내지 않는다. //…'에서도 그렇고, 시 「초복」 등 많
은 작품에서 묘사력을 볼 수 있다. 여기서 시인의 자아성
찰을 통하여 형상화시킨 작품도 볼 수 있다.

> 너야말로 21세기를 살아가는
> 최첨단의 허수아비,
>
> 바람에 흔들려도 전혀 무뎌지지 않고
> 어둠 끝까지 바라보는 킬러의 투시안으로
> 모든 달리는 것들의 두려움의 대상이 되었으니
>
> 참새처럼 쫓기는 무리들
> 괜스레 허둥대는
> 우리들의 하루
>
>   - 「과속 카메라」 전문

우리들이 일상에서 늘 접하는 대상물을 통하여 시인은
자아를 성찰하고 있다. 그 '우리들' 안에는 바로 김 시인이
있고, 화자가 있고 청자가 있다. 그래서 과속 카메라와 대
조시켜 그 투시안으로 자신을 보고 있다.

5. 미적가치 창출을 위한 이데아적 시 세계

시인이 추구하는 이상의 세계는 어디일까. 그 그리움의 원형은 무엇일까. 시 「상상」에서 말하듯이 이 세상을 살며 안고 있는 통증을 흘려보내고 '그리운 기억 하나로／사방 천지에／아름다운 꽃향기 만발하게 하고 싶은…／／' 이것이 시인이 꿈꾸는 이데아가 아닐까.

사랑아 우리가 헤어지지 않아도

사는 게 슬프다, 사랑아

사랑아, 우리가 헤어질 수 없었던 것은

처음부터 만난 적이 없었기 때문이다

아니 만날 수가 없었기 때문이다

사랑아

만나지 않고서도 그렇게

가슴 아리고

바람처럼 살아가는 시간 속에서도

만나지 않은 사랑을 그리워하는 것은

못다 한 세월에 대한 연민 때문이리라

사랑아, 보이지도 않고 만질 수도 없는 인연아

관념에 괴로워하는 사랑아

서러운 이별을 그리는 사람아

어느 날 꿈결처럼 살다간 사람을 위해

바람처럼 살다간 시인을 위해

그렇게 그렇게 흘러간 세월을 위해

그리움을 위해, 서러움을 위해

사랑아 오늘도 그리워하는

그대, 젊은 날의 꿈을 위해

이루지 못한 인연을 위해

그리워하는 세월을 위해

영원히 만날 수 없는

제니를 위해

　　- 「제니의 초상(肖像)」 전문

　김건섭 시인은, 이벤 아담스가 제니 에플튼을 찾는 그 애절함으로 불멸의 꿈을 꾸고 있다. 그래서 지구 끝에 있는 등대를 그리워하며 끊임없이 탐험을 하는 것이다. 여기서 시인이 찾는 그 사랑의 대상은 누구일까. 바로 만나지 못하는 자아(自我)다. 그것을 찾기 위해 절규하고 있는 것이다.

　시는 문학의 꽃이며 정수(精髓)다. 시인은 이상의 세계를 꿈꾸는 자유인이며 창조자이다. 시인은 이 세상의 술을 다 마실 수도 있고 세상의 모든 사람을 사랑할 수도 있다. 그래서 시인은 고독과 그리움을 풀기 위해 우주 구석구석을 다니기도 하고 이승과 저승을 넘나들기도 한다. 시인은 보이지 않는 것도 볼 수 있고 들리지 않는 것도 듣는다.

김 시인은 평탄한 가문에서 성장하였고 우리 사회 공직에서 봉직하여 왔다. 그럼에도 그 무엇에 대한 갈증이 끊임없었다. 이것이 바로 시인이 시를 쓰는 이유요, 시공을 초월한 절대적인 영원의 존재를 찾아나서는 것이다. 그래서 김 시인의 시 세계는 현실과 비현실 사이를 오가며 사물의 본질을 캐고 있는 것이다.

6. 닫으며

김 시인의 시에는 유유히 흐르는 역사가 있고 장구한 스토리가 있다. 각 시편마다 분명한 색채가 있고 문장에는 선율이 있으며 선명한 테마가 있다. 시인의 생각은 합리적이고 부드러우면서도 강인한 숨결이 흐르고 있다. 이러한 시작 태도(詩作 態度)는 대상에 대한 깊이 있는 관조로 시의 본질과 인식의 문제에 세심한 주의를 쏟는 미적 탐구자의 모습으로 나타나고 있다.

요즘 우리 문단에 발표되는 많은 시들을 보면 사유(思惟)의 미숙으로 공허한 소리를 늘어놓거나 진부한 언어로 행과 연의 구분만으로 시(詩)라는 형태를 취하는 것을 흔히 볼 수 있다. 시란 시인만의 취미나 기호식품처럼 생각해서는 안 된다. 이런 추세에 비춰 볼 때 김건섭 시인의 시는 차별화가 되고 있다. 마치 라이너 마리아 릴케의 '시를 쓰지 않고는 견디지 못할 때 쓰는 것이 시'라고 하듯이 시를 쓰지 않고는 견딜 수 없는 내적 필요성에 의해 쓴 것이다. 그래서 김 시인의 시는 부득이지문(不得已之文)이다. 그 간절함을 감출 수가 없어 서정의 언어들이 쏟아지면서 형식이나 문장을 뛰어넘고 있다. 그 언어는 그의 체험에서 여과한 감성과 지성을 교직하는 언어의 모세근(毛細根)에서 비로소 자기발현의 색깔을 드러내며 거침없이 쏟아진다.

　그의 창작 정신은 새롭고도 웅숭깊다. 시간과 공간을 넘나들면서 진리탐구의 등불을 켜고 있다. 이러한 시인의 시 세계를 평설한다는 것은 지난하다. 또한 시인의 내적 세계의 상상과 심상을 설명 듣지 않고 바르게 평가를 한다는 것도 무리가 있다. 다만 표면상 드러나는 시어와 이미지를 촌평하는데 그칠 뿐이다.

시인은 말한다. 시 「폐차장」에서 '폐차장'이라는 객관적 상관물을 통해 '세상의 사랑, 힘, 권세도 어느 순간 무너진다.'는 진리를 깨닫게 하고 있다. 그래서 진정한 나를 발견하고 새로운 나를 디자인하여 값진 삶의 소산으로 남기지 않았을까.

김건섭 시인이 보여준 시 정신은 독자에게 청량제가 되리라 생각한다. 심오한 사상과 관조의 자세로 빚어낸 노작(勞作)의 결정체(結晶體)를 볼 때 상서로운 기운이 뻗어오를 예감이 든다. 그래서 김 시인이 추구하는 인간 본질의 한계를 뛰어넘으려는 구도(求道) 정신과 철학에 박수를 보낸다. 그의 주머니 깊숙이에는 아직 남아있는 꿈이 있을 것이다. 또 새로 채워질 것은 무엇일까? 다음 세계가 기다려진다.